Relie les points de A à Z et tu pourras partir en safari !
Repasse sur les lignes pointillées et termine le dessin.

À qui ces fourmis doivent-elles faire attention ?
Relie les points de A à Z et tu le découvriras tout de suite.

Que regardent donc ces touristes ? Relie les lettres dans l'ordre de l'alphabet et repasse sur les lignes pointillées.

Veux-tu préparer ce chevalier pour qu'il puisse vaincre le dragon ?
Relie les lettres de A à Z et termine le dessin.

Bip bip ! Qui donc fait ce son ? Pour le découvrir, relie les points de A à Z et repasse sur les lignes pointillées.

Ohé, du bateau ! Termine le navire pirate en reliant les points de A à Z et en repassant sur les lignes pointillées.

Dessine le feuillage en parcourant les pointillés.
Relie les points de A à Z et tu découvriras ce qu'il y a dans l'arbre.

Qui se trouve au sommet de la montagne ? Relie vite les points de A à Z et dessine des cristaux de glace.

Qui donc est suspendu à une liane ? Relie les points en suivant l'ordre alphabétique et dessine les feuilles du palmier.

Relie les points de A à Z, puis passe sur les lignes pointillées.
Quelle construction apparaît ?

Relie les points de A à Z et trace les lignes pointillées.
Que découvres-tu ?

Qu'est-ce qui vole dans les airs ? Relie vite les points de A à Z
et repasse sur les lignes pointillées.

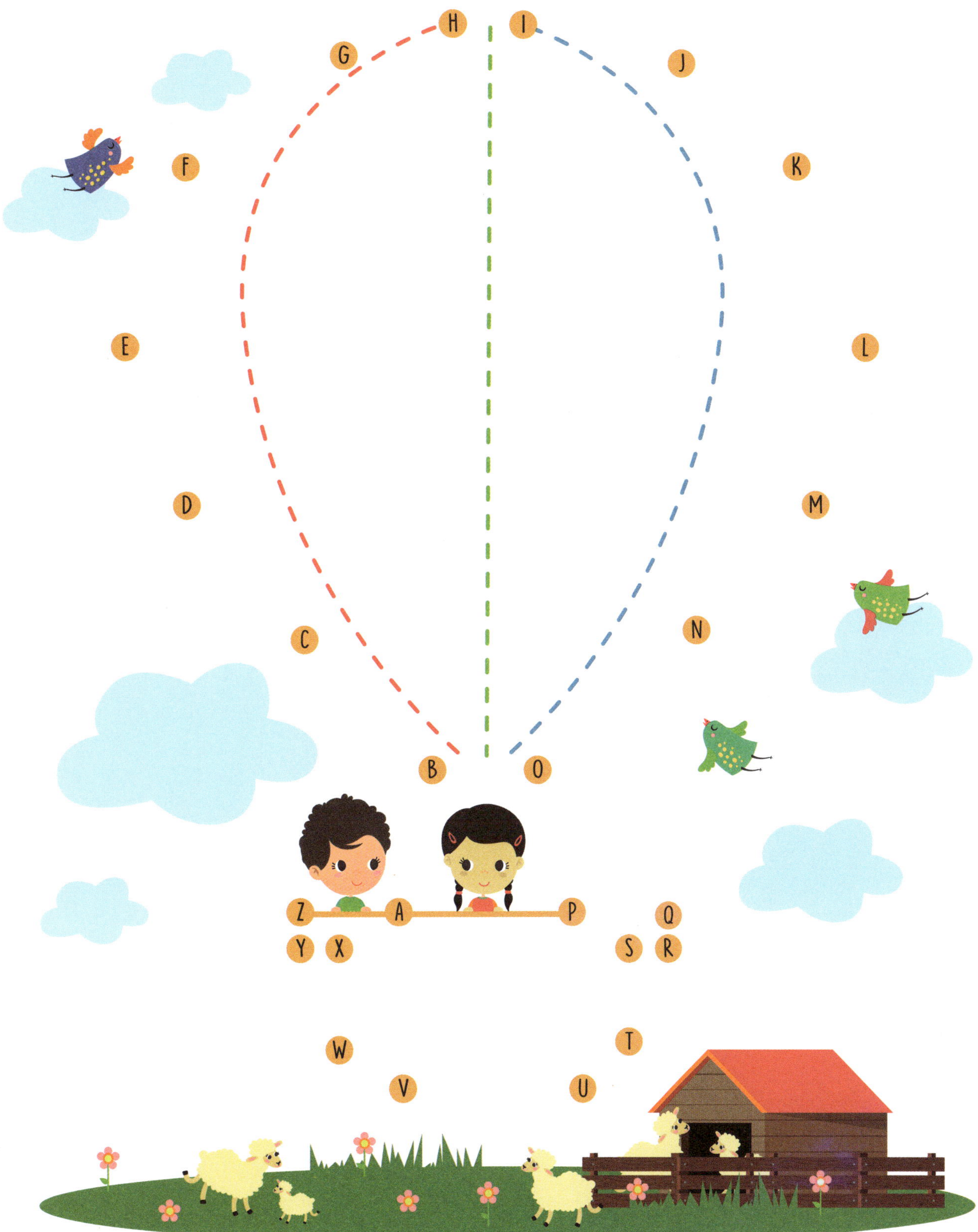

Qui est prêt pour une aventure en montagne ?
Relie les points de A à Z et termine le dessin.

Peux-tu dessiner un autre grand navire viking ?
Relie les points de A à Z et trace les lignes pointillées.

Relie les points de A à Z et découvre qui garde le coffre au trésor.

Relie les points selon l'ordre alphabétique et repasse sur les lignes pointillées. Que vois-tu apparaître ?

Qui rugit bruyamment dans la savane ?
Relie les points de A à Z et repasse sur les pointillés.

Vive le camping ! Relie les points de A à Z
et trace les lignes pointillées.

Peux-tu dessiner le grand ami de ce cow-boy ?
Relie vite les points de A à Z et repasse sur les lignes pointillées.

Que dessines-tu lorsque tu relies les points dans l'ordre de l'alphabet ?

Quel animal se cache derrière les buissons ?
Relie les points de A à Z et trace les lignes pointillées.

Dessine la lune et les étoiles.
Que découvres-tu lorsque tu relies les points de A à Z ?

Quel animal attend patiemment sa proie ? Pour le savoir, trace les lignes pointillées et relie les points de A à Z.

Dessine les étoiles et relie les points en suivant l'ordre alphabétique.
Tu découvriras qu'il y a de la vie dans l'espace !